Estelle Vidard

LA VÉRITABLE HiSTOiRE
de Paulin
le petit paysan
qui rêvait d'être
chevalier

bayard poche

La collection « Les romans Images Doc » a été conçue en partenariat avec le magazine *Images Doc*. Ce mensuel est édité par Bayard Jeunesse.

La véritable histoire de Paulin a été écrite par Estelle Vidard et illustrée par Olivier Desvaux.
Texte des pages documentaires : Estelle Vidard.
Direction d'ouvrage : Pascale Bouchié.
Suivi éditorial : Sylvie Roussel.
Maquette : Natacha Kotlarevsky.
Illustrations : pages 10, 16, 27, 32, 38 : Nancy Peña ; pages 6-7 : Thierry Christmann ; pages 22-23 : Nicolas Wintz ; pages 42-43 : Patrick Deubelbeiss.

© Bayard Éditions, 2011
18 rue Barbès, 92120 Montrouge
ISBN : 978-2-7470-3562-0
Dépôt légal : mai 2011
13ᵉ tirage : novembre 2017

CHAPITRE 1

UN RÊVE INACCESSIBLE

– Mouaaah, j'ai bien dormi cette nuit ! annonce Paulin dans un bâillement. Gisèle, sa petite sœur, dort à côté de lui dans le même lit.

– Laisse-moi deviner, répond celle-ci. Tu as rêvé que tu étais un chevalier sans peur et sans reproche. Et, bien sûr, tu sortais grand vainqueur de tous les tournois !

– Euh, oui, c'est à peu près ça… reconnaît Paulin.

Gisèle a-t-elle un don de double vue, pour avoir deviné le rêve de son frère ? Pas du tout ! Tous les rêves de Paulin sont peuplés de chevaliers. Il ne songe et ne parle que de son désir le plus cher : être un jour adoubé chevalier.

Paulin a dix ans et Gisèle, huit. Ils habitent une ferme, sur les terres du château du seigneur Gossouin. Chaque jour, en voyant la forteresse, il imagine les chevaliers qui sont en train de s'entraîner. Et il donnerait tout pour être parmi eux. Mais, à son grand désespoir, c'est impossible car il est paysan. Et les paysans ne deviennent pas chevaliers…

Attiré par l'odeur de la soupe chaude, Paulin sort de son lit et s'habille rapidement. Il embrasse sa mère et s'assoit à table, avant de rejoindre son père aux champs. C'est l'été : depuis plusieurs jours, toute la famille travaille au fauchage des blés.

Paulin sourit en repensant aux jours précédents. Faucher les blés est pourtant un dur labeur. Mais le garçon s'est imaginé que les épis étaient les soldats qu'il fallait pourfendre. Il a donc mis du cœur à sa mission, maniant sa faux comme il l'aurait fait d'une épée. Il s'est beaucoup amusé !

suite page 8

MEUNIER, TU DORS...

Le moulin à vent est l'une des grandes inventions du Moyen Âge. Grâce à lui, le meunier peut moudre le grain sans effort, et les paysans obtenir de la farine pour leur pain...

1. Les ailes du moulin tournent et enclenchent des engrenages qui actionnent la meule.

2. Les voiles sont faites en tissu ou en lattes de bois.

3. La meule est une grosse roue de pierre, qui tourne sur une roue fixe.

4. L'entonnoir : on y verse les céréales.

5. Les céréales sont ensuite écrasées par la meule et deviennent de la farine.

6. La queue est orientée par le meunier pour que le moulin tourne face au vent. Le meunier dort souvent sur place, au cas où le vent change de sens.

7. Le meunier est vêtu d'une tunique, d'une cape et d'un capuchon. À ses pieds, il porte des chausses.

8. Un sac : le meunier se fait payer son travail en sacs de farine.

9. Une balance romaine : elle sert à peser les sacs de farine.

Paulin est tiré de ses pensées par sa mère :

– Paulin, va chercher de l'eau au puits avant de partir aux champs. Je n'en ai plus…

– D'accord ! acquiesce Paulin en avalant son dernier morceau de pain.

Il attrape un seau dans un coin de la pièce et sort. Dix minutes plus tard, il n'est toujours pas revenu. Pourtant, le puits est juste à l'autre bout de la cour. Sa mère envoie Gisèle voir ce qu'il se passe. La petite fille sort en traînant

suite page 11

LES PAYSANS

Vilains et serfs

Au Moyen Âge, la majorité de la population vit à la campagne. Le seigneur attribue des champs aux vilains, les paysans libres. Les serfs, eux, ne sont pas des hommes libres : ils « appartiennent » à leur seigneur.

À la maison

Les maisons paysannes sont en terre ou en bois, avec un toit de chaume. Elles n'ont souvent qu'une seule pièce, avec de toutes petites fenêtres. Le sol est en terre battue et le mobilier très simple. Le foyer est le centre de la vie domestique : il sert de source de chaleur, de lumière et de « cuisinière ».

Aux champs

Les paysans travaillent tout au long de l'année. À chaque mois correspond une activité : en avril, il faut tondre les moutons, en juin, récolter le foin, en septembre, labourer les champs… La vie des paysans est rythmée par les saisons, et les mêmes travaux se répètent d'une année sur l'autre.

À table !

Les paysans mangent des céréales, des fruits et des légumes issus de leurs récoltes. Les légumes sont de trois sortes : les racines (navets ou betteraves), les féculents (pois, lentilles) et les légumes verts (choux, salades…). Les céréales servent à fabriquer du pain, la base de l'alimentation paysanne.

Les impôts

Le seigneur accorde aux paysans des terres à cultiver ainsi que sa protection. En échange du droit de cultiver ces champs, le paysan cède au seigneur une partie de ses récoltes. Il doit aussi payer un droit d'usage pour les bois, les pâturages et les rivières.

les pieds. Elle sait bien, elle, ce qui se passe ! Paulin ne fait rien comme tout le monde, pour lui tout devient jeu et prend un temps fou. Gisèle va à la rencontre de son frère, et le trouve en effet rampant dans la poussière !

– À terre, malheureuse, s'écrie Paulin en levant les yeux vers sa sœur. Tu vas nous faire repérer ! Si le seigneur de Morte Terre découvre que nous avons volé son trésor, ajoute-t-il en entourant de ses bras le seau plein d'eau, il va nous poursuivre avec ses troupes. J'ai pour mission de le rapporter à mon roi et, foi de chevalier, je ne compte pas laisser une damoiselle me faire échouer ! conclut-il en faisant tomber Gisèle.

– Paulin, ça suffit ! se fâche la petite fille. Elle se relève d'un bond, époussette sa robe et se reprend. Elle sait qu'il ne sert à rien d'essayer de raisonner son frère. Elle préfère donc ruser :

– Preux chevalier, c'est justement pour cela que je suis venue à votre rencontre… La reine se meurt et seul ce trésor peut la sauver. Portez-le-lui au plus vite, je vous en supplie !

– J'y vais sur-le-champ ! répond Paulin en se relevant.

– Hue ! ajoute-t-il en faisant mine d'éperonner son cheval.

Et il part en courant, avec le seau, vers la maison...

Paulin sait très bien que toutes ses aventures sont imaginaires, et que son rêve est inaccessible. Mais rêver n'est pas interdit ! Alors, quoi qu'il fasse, Paulin a choisi d'imaginer qu'il est un chevalier…

CHAPITRE 2

DROGON, LE FÉLON*

Quelques jours plus tard, alors que Paulin et Gisèle ramassent du bois dans la forêt, ils entendent des chevaux. Le seigneur Gossouin et ses chevaliers reviennent de la chasse. Les chevaux passent à quelques mètres des enfants, faisant trembler le sol. Paulin les admire mais il se fait bousculer violemment par un cavalier et tombe

* *Un félon est un traître ou une personne malhonnête.*

dans une flaque de boue. Il lève les yeux et aperçoit un garçon de son âge. Paulin tend la main vers lui pour qu'il l'aide à se relever. Mais le cavalier prend un air dégoûté et s'exclame d'un ton méprisant :

– Fais attention, sale gueux ! La prochaine fois, écarte-toi de mon passage ou tu le regretteras !

– Mais qui es-tu pour me traiter ainsi ? proteste Paulin, furieux. Il tente de se relever mais glisse dans la boue. L'autre sourit méchamment.

– Qui je suis ? dit-il. Seul un vilain de ton espèce peut ne pas le savoir ! Je suis le page* du seigneur Gossouin. Drogon, c'est mon nom ! Retiens-le bien, car je vais

* Jeune garçon noble attaché au service d'un seigneur.

devenir le plus célèbre des chevaliers, tandis que tu passeras ta vie vautré dans la boue !

À ces mots, le sang de Paulin ne fait qu'un tour. Il est prêt à provoquer en duel ce prétentieux, comme le ferait un chevalier. Mais Gisèle se place entre les deux garçons et tend la main à son frère pour l'aider à se relever. De l'autre main, elle lui ordonne de se taire. *suite page 17*

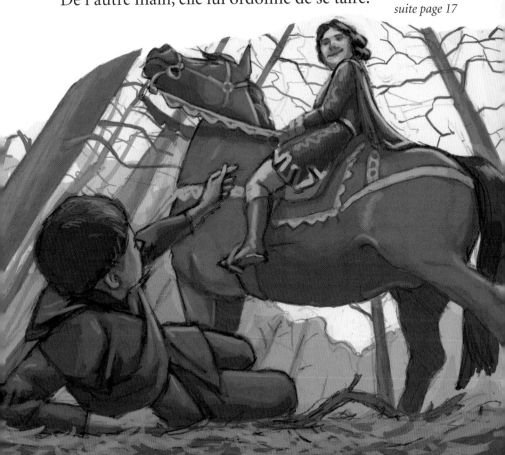

LES SEiGNEURS

Seigneurs et vassaux

Au Moyen Âge,
un seigneur prend sous
sa protection un vassal.
Les seigneurs sont
des vassaux du roi,
et les chevaliers
les vassaux de seigneurs.
Ils s'engagent, par
un serment, à se respecter
mutuellement et à ne pas
se nuire. Les vassaux
ont généralement
plusieurs seigneurs et
donc plusieurs fiefs.

Les armoiries

Lors des batailles ou des
tournois, il est difficile de
distinguer les combattants.
C'est pourquoi un système
de symboles a été mis
au point pour permettre
d'identifier les chevaliers :
les armoiries. Elles allient
des motifs (lion, dragon,
fleur de lys…) et des
couleurs. Chaque seigneur,
famille ou communauté
possède ses armoiries.

Un seigneur très actif

Le seigneur veille
au bon fonctionnement
de son domaine,
du moulin, du four…
Il protège la population et
rend la justice.
Seuls les seigneurs
les plus puissants peuvent
prélever des impôts,
rassembler une armée,
frapper leur monnaie et
imposer leur propre loi.

Les fiefs

Le vassal aide son
seigneur financièrement
et militairement.
En échange, le seigneur
lui donne une terre, le fief,
qui peut être un village,
un moulin, un bois…
Le vassal en tire des
revenus utiles pour faire
vivre sa famille et payer
son équipement militaire.

Des loisirs de seigneurs

Quand ils ne font pas la guerre, les seigneurs aiment
chasser. Ils traquent le gros gibier à cheval, entourés de
leurs pages, écuyers et vassaux, et accompagnés d'une
meute de chiens. Les seigneurs chassent aussi souvent
avec un oiseau de proie dressé pour tuer le petit gibier.
C'est la fauconnerie.

Une fois debout, Paulin jette un regard alentour : Drogon a disparu.

– Drogon, c'est mon nom ! Gna gna gna… bougonne Paulin. Il peut être sûr que je me souviendrai de son nom, car je lui ferai mordre la poussière !

– Oh non, Paulin, s'indigne Gisèle. Tu ne vas rien lui faire du tout !

– Mais tu as vu comment il m'a traité ? s'emporte son frère. Aucun chevalier n'en resterait là !

– Tu as raison, ce garçon est odieux. Mais ce n'est pas n'importe qui. C'est le fils du baron Baudouin, le seigneur le plus puissant de la région. Si tu l'affrontes, c'est toute notre famille qui risque d'en pâtir…

– D'accord, tu as gagné, admet Paulin. Je ne voudrais surtout pas causer de tort à père et mère.

– C'est tout à ton honneur, le félicite Gisèle, consciente que son frère a été humilié. Contenir sa colère pour protéger les siens est digne d'un chevalier...

Cette dernière phrase redonne le sourire à Paulin, et les deux enfants rentrent chez eux les bras chargés de branchages. Les jours suivants, ils n'évoquent pas l'incident de la forêt. Mais dans les aventures imaginaires de Paulin, son ennemi juré n'est plus le seigneur de Morte Terre. C'est un chevalier félon répondant au nom de Drogon !

Un mois plus tard, Paulin accompagne sa mère au marché, dans l'enceinte du château.

Soudain, il surprend une conversation entre deux marchands :

— Ton fils va-t-il y participer ? demande le premier homme.

— Bien sûr, c'est une occasion unique ! répond le second. Et j'espère bien qu'il va gagner !

— Ça donnerait une bonne leçon à ce garçon prétentieux ! Tu te rends compte : faire organiser un tournoi pour son anniversaire… Quel caprice !

— D'autant que le seul but de ce gamin est de ridiculiser ses concurrents.

— Il n'aura pourtant aucun mérite à battre des enfants de son âge qui n'ont suivi aucun entraînement.

Paulin n'y tient plus. Il intervient :

— Excusez-moi, messieurs, mais j'ai entendu votre

conversation. Ai-je bien compris : vous parlez d'un tournoi d'enfants ?

— C'est ça, mon gars. Et, à vue de nez, tu as l'âge d'y participer.

Paulin sent l'excitation monter en lui, mais préfère ne pas s'emballer.

— J'ai dix ans, mais je ne suis qu'un paysan.

– Ce n'est pas un problème. Les apprentis chevaliers de l'âge de Drogon sont rares dans les environs. Alors, tous les garçons de dix et onze ans peuvent s'inscrire. Il veut combattre ses adversaires un à un...

Au nom de Drogon, Paulin frémit. Il va pouvoir participer à un tournoi et affronter Drogon ! Au comble de la joie, il serre la main du marchand en le remerciant mille fois.

– J'y suis pour rien, répond l'homme en souriant. Allez, va vite t'entraîner : le tournoi a lieu dans sept jours seulement.

CHAPiTRE 3

AVEC UNE ÉPÉE DE BOiS

Paulin rejoint sa mère et lui annonce la nouvelle avec enthousiasme. Mais elle est loin de se réjouir autant que lui :

– Je ne pense pas que ce soit une bonne idée, Paulin.

– Mais, mère…

– On en reparlera avec ton père, le coupe-t-elle. Aide-moi à porter les provisions.

suite page 24

AU CŒUR D'UN TOURNOI

Quand ils ne font pas la guerre, les chevaliers du Moyen Âge vont de tournoi en tournoi... et le public est toujours nombreux pour les admirer !

1. Le château : les tournois se déroulent à côté.

2. La lice est un champ clos aménagé pour le tournoi.

3. Les tentes portent les emblèmes des participants.

4. Les dames prennent place sur une estrade.

5. Le heaume : pour voir par la fente, le chevalier doit se pencher en avant.

6. Les couleurs ne sont pas choisies au hasard : jaune pour l'ardeur, bleu pour la loyauté, rouge pour le courage...

7. Le destrier est le cheval de combat du chevalier.

8. La lance est calée sous le bras par le chevalier qui fonce sur son adversaire pour le désarçonner.

9. L'armure peut peser jusqu'à 30 kilos. Impossible pour le chevalier de monter seul sur sa monture.

10. Les solerets sont des chaussures faites de pièces métalliques articulées.

Paulin reste sans voix : il s'attendait à ce que sa mère partage sa joie. Il empoigne les paniers et ne dit plus un mot. Mais son cerveau est en ébullition : il prépare ses arguments, car il compte bien convaincre ses parents.

Le soir, au dîner, il relance la discussion :

– Père, mère, je vous en prie. J'aimerais tellement participer à ce tournoi !

– J'ai besoin de ton aide, répond son père. Les travaux des champs ne peuvent pas attendre.

– Mais ce n'est qu'une journée ! Et je n'aurai jamais une autre occasion de vivre mon rêve !

– Tu n'as suivi aucune préparation et tu n'as aucune technique ! insiste son père.

– Je sais que mes chances de gagner sont bien minces, mais j'ai six jours pour m'entraîner !

– Si tu gagnais, cela pourrait déclencher la colère du seigneur Gossouin… ajoute sa mère.

– Mais non, puisqu'il a accepté que les enfants de paysans participent au tournoi !

Quel que soit l'argument avancé par ses parents, Paulin trouve une réponse.

– Bon, nous verrons, conclut son père. Maintenant, allez vite vous coucher les enfants…

Paulin obéit, plein d'espoir. Pendant qu'il cherche le sommeil, il saisit des bribes de la conversation de ses parents :

– Ce n'est pas une bonne idée, mais il n'en démordra pas !

– Je sais : il a vraiment du sang de chevalier dans les veines…

– Eh oui. Peut-être devrions-nous le laisser faire ce tournoi. Après tout, il a peu de chances de gagner, mais il sera tellement heureux d'y participer !

– Mais si quelqu'un découvre la vérité pendant le tournoi ?

Paulin n'entend pas cette dernière phrase ni la suite de la conversation. Il s'est endormi, le sourire aux lèvres, certain que ses parents vont céder. Et cette nuit-là, dans ses rêves, il combat Drogon cent fois… et le bat cent fois !

Le lendemain, Paulin s'empresse de se lever pour connaître la décision de ses parents. Son père lui confirme qu'ils l'autorisent à participer au tournoi. Paulin s'apprête à leur sauter au cou, mais son père le prévient :

– Il y a deux conditions, Paulin. Tout d'abord, nous ne voulons plus entendre parler de chevalerie une fois le tournoi passé. Et tu devras redoubler de travail pour compenser le temps perdu…

– Je vous le promets ! s'exclame Paulin.

Et, cette fois, il leur saute au cou pour de bon.

Puis il se précipite dehors : il n'a que six jours pour se préparer au tournoi. Il met donc à profit chaque minute. Il commence par tailler des morceaux de bois pour se confectionner une épée toute neuve, un casque et un bouclier. Sur ce dernier, il peint soigneusement des rayures rouges et noires, à l'aide de cendres et de sang de cochon.

suite page 28

LES CHEVALIERS

N'est pas chevalier qui veut

Les chevaliers sont issus de riches familles, car l'équipement et le cheval coûtent cher. À partir du XIIe siècle, le titre de chevalier se transmet de père en fils. Les chevaliers les plus riches possèdent des châteaux, les moins riches sont hébergés et entretenus au château de leur seigneur.

Page puis écuyer

Dès l'âge de 7 ans, les garçons de bonne famille sont envoyés comme pages chez un noble : le seigneur de leur père ou leur oncle. Ils y apprennent les bonnes manières, les règles de la chevalerie et à monter à cheval. Vers 14 ans, le page devient écuyer. Il suit un entraînement physique, s'occupe des armes et de l'armure de son maître, l'accompagne sur le champ de bataille…

L'adoubement

Vers l'âge de 20 ans, l'écuyer est adoubé. Au cours de cette cérémonie, il est fait chevalier. Le futur chevalier se baigne et se fait couper les cheveux. Il prête serment et il est ensuite frappé sur la nuque ou l'épaule, du plat de l'épée. Puis arrive le moment le plus attendu : la remise de son épée.

De fiers destriers

Un chevalier possède au moins cinq montures : le destrier est son cheval de bataille ; le coursier, son cheval de chasse ; le palefroi, son cheval de parade ; le roncin, endurant, lui sert pour les voyages ; le sommier, musclé, porte les équipements.

Une armure à toute épreuve

Les premiers chevaliers portent une cotte de maille, une sorte de cagoule métallique appelée haubert, qui leur protège le cou, et des chausses de maille. Plus tard, les armures sont constituées de plaques métalliques. Côté armes, le chevalier utilise la lance, la masse, le fléau d'armes, la hache et surtout l'épée.

Le rouge pour symboliser le courage, le noir pour la prudence.

Pendant ce temps, Gisèle lui coud une « armure », en superposant des couches de laine qui le protégeront des coups. Une fois son équipement prêt, Paulin passe à l'entraînement. Des heures durant, il s'escrime avec son épée contre un bouclier suspendu à un arbre. Avec l'aide de sa sœur, il exerce également son agilité : il doit piquer avec son arme un disque posé au sol, alors que Gisèle fait tout pour l'en empêcher.

Enfin, il fonce à toute allure sur un mannequin de bois fixé à un poteau. Pour se motiver, Paulin y a dessiné le visage de Drogon ! Il doit le toucher brusquement pour le faire pivoter. Cet exercice demande de l'adresse et de la rapidité car le mannequin, équipé d'un gourdin, rend les coups si on ne s'éloigne pas assez vite ! Après des jours d'entraînement acharné, Paulin a quelques bleus et bosses, mais il est prêt à en découdre avec son ennemi juré !

CHAPITRE 4

LE TOURNOi

Le jour du tournoi, Paulin et sa famille se rendent au château. Des tribunes ont été installées non loin de là. Il y a déjà beaucoup de monde et de bruit. À l'inscription, Paulin reçoit le numéro 19. On lui explique qu'un premier combat opposera tous les inscrits. Puis les vainqueurs affronteront Drogon en personne, un à un. Paulin est un peu impressionné, mais plus question de reculer.

Il se dirige vers le terrain, où une vingtaine de garçons s'échauffent. Il entend les encouragements de sa famille derrière lui. Tout à coup, des trompettes retentissent, annonçant l'arrivée du seigneur Gossouin dans la tribune d'honneur. Celui-ci tend le bras vers la droite et l'assistance voit Drogon entrer en lice*. À la différence des autres combattants, ce dernier porte une véritable armure et une épée en métal, au bout arrondi. Deux garçons, terrifiés,

* La lice est l'espace où se déroule le tournoi.

s'enfuient en courant. Paulin, lui, ne se laisse pas intimider. Les trompettes annoncent le début du combat.

Pour cette première manche, les jeunes garçons se font face en deux lignes. Drogon prend place dans une tribune, réjoui de voir les concurrents se battre pour l'affronter. Les enfants foncent les uns sur les autres et lancent des coups à l'aveuglette. Des tribunes, on ne voit plus qu'un nuage de poussière. Protégé par son bouclier, Paulin bouscule ses

suite page 33

GUERRES ET JEUX DE GUERRE

Des divertissements plutôt violents

Les tournois sont d'abord de simples entraînements pour la bataille. Mais ils deviennent rapidement un divertissement qui plaît au public… et aux chevaliers, qui aiment beaucoup se battre. Les seigneurs organisent donc à tour de rôle des tournois. Au cours des joutes, des combats à l'épée et des batailles rangées, certains chevaliers perdent la vie.

Des mêlées aux joutes

Au départ, les tournois opposent des dizaines voire des centaines de chevaliers à pied. Ils se battent tous en même temps, dans une mêlée. À partir du XIIIe siècle, les tournois deviennent moins violents. Désormais, deux chevaliers s'affrontent au cours d'une joute, un duel à cheval très apprécié.

Des guerriers avant tout

Les chevaliers sont des guerriers. Leur rôle est d'obtenir ou de rétablir la paix. Et pour y parvenir, ils n'hésitent pas à faire la guerre. Les chevaliers servent la justice : ils doivent savoir maîtriser leur colère et être irréprochables en toute circonstance.

Un code d'honneur

Les chevaliers ne doivent jamais oublier qu'ils agissent pour le bien et pour la paix. Mais beaucoup ne respectent pas ces engagements. C'est pourquoi un code de la chevalerie s'établit peu à peu : les chevaliers s'engagent à protéger les faibles et les opprimés et à assurer la paix.

Les croisades

Au XIe siècle, le pape appelle les chrétiens à libérer la ville sainte de Jérusalem. Pour les chrétiens, c'est là que se trouve le tombeau de Jésus-Christ. De nombreux chevaliers d'Europe répondent à l'appel du pape. Au total, près de dix croisades se succèdent, opposant les chrétiens aux musulmans.

adversaires, les fait tomber, leur assène des coups d'épée et en reçoit presque autant.

Au bout de dix minutes, les trompettes mettent fin au combat. Le nuage de poussière se dissipe et les spectateurs peuvent à nouveau distinguer les garçons. La plupart gémissent au sol, les yeux au beurre noir ou le nez en capilotade. Seuls sept garçons sont encore debout. Parmi eux, Gisèle aperçoit le numéro 19 : Paulin a réussi la première manche ! Le public applaudit chaleureusement les vainqueurs, tandis que l'on évacue les perdants.

Après une courte pause, les trompettes sonnent la deuxième manche. Drogon s'avance au centre du terrain. Paulin sera le dernier à l'affronter, à son grand regret. Car le voir a aussitôt ravivé le souvenir de leur première rencontre.

Les combats s'enchaînent. Drogon est un combattant habile et prend plaisir à humilier ses adversaires. Il piétine l'un d'eux, fait tomber le pantalon sur les chevilles d'un autre, fait manger de la poussière à un troisième… Vient enfin le tour de Paulin, outré par le comportement de Drogon, indigne d'un chevalier. Le combat s'engage.

Très vite, Paulin se révèle agile et rapide. Les coups d'épée de Drogon sont douloureux mais, chaque fois, Paulin se relève. Toutefois, il ne parvient pas à ébranler son adversaire, protégé par son armure. Il cherche son point faible…

Soudain, il s'élance et frappe Drogon de toutes ses forces, en plein torse. En un instant, Paulin s'accroupit pour esquiver l'épée de Drogon et lui porte un coup derrière les genoux. Le garçon perd l'équilibre et tombe en arrière. Le public retient son souffle : comment Drogon va-t-il répliquer à cet affront ? Mais le prétentieux page est incapable de se relever. Car, si son armure le protège bien, elle est aussi très lourde. Des rires fusent dans l'assistance. Drogon tend la main dans l'espoir que son adversaire l'aide à se relever. Mais Paulin lui adresse un sourire moqueur et pointe son épée sur le torse du vaincu. C'est au tour de Drogon d'être humilié.

Les trompettes retentissent, marquant la fin du combat. Paulin est proclamé vainqueur. Un tonnerre d'applaudissements s'élève au-dessus des tribunes. Devant cette ovation, Paulin brandit son épée en bois et enlève

son casque. En voyant le visage de l'enfant, le seigneur Gossouin pâlit : il lui semble voir son frère Hadrien, mort dix ans plus tôt.

Mais le seigneur se ressaisit bien vite, car tous attendent qu'il félicite le vainqueur, et il le fait avec grand plaisir.

– Paulin, tu as prouvé aujourd'hui que tu ferais un preux chevalier, je t'en félicite !

Paulin est fier et très heureux : pour récompenser les apprentis chevaliers, le seigneur a organisé un grand banquet, comme à la fin des véritables tournois. Pour le jeune garçon, partager la table du seigneur est une occasion unique et un grand honneur. Il savoure jusqu'au bout cette journée extraordinaire...

CHAPiTRE 5
LA VÉRiTÉ ÉCLATE

La nuit suivante, Paulin revit en boucle le tournoi.
Pour la première fois, son rêve n'est pas le fruit de son
imagination ! Au petit matin, toute la famille s'apprête à
partir travailler aux champs, lorsqu'on frappe à la porte.
Le père de Paulin ouvre et se retrouve nez à nez avec… le
seigneur Gossouin en personne !

– Bonjour, dit le seigneur. Je souhaite vous entretenir

suite page 39

AU CHÂTEAU

Un énorme chantier

Au Moyen Âge, les châteaux sont construits à la force
des bras de centaines ou de milliers d'ouvriers.
Les charpentiers fabriquent les échafaudages
et les parties en bois, les forgerons réalisent les outils ou
les clous, les maçons taillent les pierres et édifient
les murs… De nombreux manœuvres les aident.
La construction d'un château peut durer vingt ans !

Les habitants du château

Même en l'absence
du seigneur, le château
héberge de nombreux
habitants : sa famille, bien
sûr, ainsi qu'un régisseur
et un trésorier, une
garnison de chevaliers,
des écuyers et des
palefreniers qui s'occupent
des chevaux,
des cuisiniers…
C'est une véritable ruche !

Les banquets

Pour les grandes
occasions, les banquets
peuvent durer longtemps.
La table du seigneur
et de ses hôtes est
dressée sur une estrade.
Une profusion de plats
régale les convives. Avant
de servir le seigneur,
on goûte les plats pour
s'assurer qu'ils ne sont
pas empoisonnés.

Jour de marché

Dans la plupart des villes
fortifiées, un marché a lieu
chaque semaine. Artisans
et marchands y vendent
aussi bien de la nourriture
que des vêtements ou de
la vaisselle. Des jongleurs
et des montreurs d'ours
animent le marché de
leurs spectacles. Une
ou deux fois par an, des
marchands venus de toute
l'Europe se rassemblent
pour plusieurs semaines
lors d'une foire.

Un lieu de refuge

Le château est l'habitation
défensive par excellence.
Souvent construit
en hauteur, il est entouré
de fossés larges
et profonds, de hautes
palissades… Il permet
de protéger la famille
du seigneur, mais aussi
ceux qui vivent aux
environs. En effet,
en cas de danger
ou lorsqu'une guerre
éclate, les paysans
se réfugient au château.

sans délai d'une chose de la plus haute importance.

– Entrez, seigneur, répond le père de Paulin, partagé entre la surprise et l'inquiétude. Vous êtes ici chez vous.

– Bonjour, madame, mademoiselle, Paulin… salue le visiteur en pénétrant dans la maison.

– Seigneur, répondent-ils en chœur.

– Les enfants, veuillez nous laisser quelques minutes.

Gisèle et Paulin obéissent. Une fois dans la cour, Gisèle explose :

– À cause de toi, le seigneur est fâché et nous allons tous payer ton insolence. Il fallait laisser Drogon remporter le tournoi. Mais toi, bien sûr, tu t'es pris pour un vrai chevalier et tu as fait du zèle !

Pendant ce temps, dans la maison, la conversation n'est pas du tout celle que les deux enfants imaginent.

– Hier, j'ai été très troublé en découvrant le vainqueur du tournoi, commence le seigneur.

– Nous n'aurions jamais cru que notre fils pouvait l'emporter, admet le paysan.

– Non, je ne parle pas de cela. Ce qui me surprend, c'est que Paulin ressemble beaucoup à quelqu'un que j'ai bien connu ; quelqu'un qui m'était cher, poursuit le seigneur. À ces mots, les paysans échangent un regard : ce qu'ils craignaient est donc arrivé.

– Seigneur, nous pouvons tout vous expliquer ! s'exclame le père de Paulin.

– Je ne demande que ça… l'invite Gossouin.

Le père de Paulin se lance alors dans un long récit :

– Comme vous le savez, il y a un peu plus de dix ans, votre frère Hadrien a battu en duel le chevalier Théodulfe. Ce dernier jura de se venger en tuant toutes les personnes chères au cœur d'Hadrien.

– Je ne le sais que trop bien, intervient Gossouin. Il a tué mes parents, et j'ai moi-même vécu caché pendant plusieurs années.

– Mais ce que vous ne savez pas, c'est qu'Hadrien était amoureux d'Emma, une belle paysanne, et qu'il était sur le point de devenir père. Pour protéger Emma des foudres de son ennemi, il la cacha chez nous. Il nous supplia de prendre soin d'elle et de leur enfant à naître, et promit de revenir quand il en aurait fini avec Théodulfe. Malheureusement, il perdit la vie pendant ce combat. Et

suite page 44

À L'ATTAQUE !

Une armée ennemie encercle le château et cherche à s'en emparer.

1. Le châtelet est l'entrée fortifiée du château. Il est fait de deux tours, d'une porte et d'un couloir.

2. Le crénelage est fait de parties creuses, les créneaux, et de parties pleines, les merlons. Cela permet de tirer en restant caché.

3. La herse est abaissée en cas d'attaque.

4. Le bélier est une poutre renforcée de fer, dont on frappe la herse pour la faire céder.

5. La tortue est un abri sous lequel les attaquants se protègent des flèches enflammées, de l'eau bouillante et des jets de pierre.

6. Le beffroi permet aux attaquants d'accéder au château par les tours.

7. Le fossé : les assaillants doivent le combler avec de la terre et des branchages.

8. Le « bras » du trébuchet projette sur l'ennemi des pierres de 100 kilos.

9. Les mantelets protègent les archers qui tirent leurs flèches par une fente.

10. Les arbalétriers tirent deux fois plus loin que les archers.

11. Les chevaliers attendent de pouvoir entrer dans le château pour passer à l'attaque.

12. La catapulte lance, sur les assaillants, de petits projectiles, parfois enflammés.

13. Les renforts : les seigneurs voisins arrivent pour protéger le château.

la pauvre Emma mourut en mettant au monde un beau garçon, Paulin. Nous l'avons élevé comme notre fils.

– Et vous avez très bien fait, les félicite Gossouin. Car, s'il avait connu l'existence de cet enfant, Théodulfe n'aurait cessé de le chercher pour le tuer. Ce n'est qu'à la mort de ce scélérat que notre vie a repris son cours.

Les paysans échangent un regard, soulagés de recevoir l'approbation de leur seigneur.

– Paulin devrait donc devenir chevalier, comme son père, réfléchit tout haut Gossouin. Voici ce que je vous propose : puisqu'il a remporté le tournoi hier, il mérite une récompense. Je vais donc lui offrir un entraînement de chevalier. Ce sera pour moi le moyen de redonner à mon neveu le destin qui aurait dû être le sien.

– Oh, seigneur, vous allez le combler ! Il en rêve depuis toujours !

– Faites-le entrer, que je lui annonce la nouvelle… conclut le seigneur.

Depuis dix ans, Paulin repense souvent à ce matin d'été qui a bouleversé sa vie. Et chaque fois, il ressent la même émotion. C'est particulièrement vrai aujourd'hui, car c'est un jour exceptionnel : Paulin vient d'être adoubé. Désormais, il est chevalier ! Son rêve est bel et bien devenu réalité…

Retrouve Images Doc en librairie !

Les encyclopédies Images Doc — Pour découvrir l'Histoire et ceux qui l'ont faite

184 pages ● 14,90 €

Les BD Images Doc — Pour voyager au cœur de l'histoire des hommes

408 pages ● 24,90 €   200 pages ● 19,90 €   96 pages ● 13,90 €

bayard

DANS LA MÊME COLLECTION